AF476119

LE GÉNIE VENGÉ.

POËME.

PAR M. GUYÉTAND.

A LA HAYE;

Et se trouve A PARIS,

CHEZ LES MARCHANDS DE NOUVEAUTÉS.

1780.

LE GÉNIE VENGÉ,

POËME.

TANDIS que, par les vents élancé vers ses rives,
L'Océan dans nos ports tient nos flottes captives;
Que, des mers de Cadix, menaçant l'Ennemi,
D'Estaing tient à ses pieds son tonnerre endormi;
Qu'enchaîné dans les Cours, le Démon des nouvelles,
Sur le sort des Etats, est sans voix & sans aîles;
Et quand, par ses frimats, arrêtant nos succès,
Novembre aux Nations semble apporter la paix:
De la paix au Parnasse apportons le silence.
Osons de la Pensée asseoir l'indépendance,
Et de tout son empire où règnent les Talens,
Ainsi que de la terre, extirper les Tyrans.

Et ſi le Ciel, en moi, ne mit point cette flâme
Qui forme le Génie, & qui ſeule en eſt l'ame,
Archiloque! c'eſt toi que j'invoque en ces vers.
Viens de nos vils Griffons châtier les travers.
Viens, prens pour les guérir de l'orgueil qui les berce,
Le fouet de Juvénal, & l'aiguillon de Perſe.
Viens poindre, viens frapper ces Luciens bâtards,
Flétrir leur front ſtupide, & vengeur des Beaux-Arts,
Diſperſant, à grands coups, cette inſolente race,
Devant toi pour jamais en balayer la trace.

Si Deſpréaux jadis, en ſes écrits piquans,
N'eût pincé, repincé les Cotins de ſon tems;
Si de ces lourds frélons écraſant la vermine,
De leur morſure immonde, il n'eût vengé Racine;
Quelle nuit de ſon ſiècle enveloppait les yeux!
Du faux Goût, dans la France, apôtres odieux,
On les vit, de la ſcène étouffant les merveilles,
Aux Pradons en crédit immoler les Corneilles.
Le mérite éclatant fut proſcrit, outragé.
Par leur ſombre manœuvre, on vit le Préjugé,
Promenant, à la laiſſe, une tourbe d'eſclaves,
Accabler la Raiſon de ſes lourdes entraves,
Tourmenter le Génie, &, comme un feu brûlant,
Deſſécher, devant lui, les germes du talent.

Mais le Tems eſt un Dieu qui venge le grand homme.
Il plane, & de l'Envie engloutit le fantôme.
Et quand l'affreux Zoïle, aux bords du Phlégéton,
Gémit, le cœur rongé des ſerpens d'Alecton;
Le Chantre des combats, vainqueur de ſes outrages,
Dans l'éclat de ſa gloire affermi par les âges,
Voit, le front couronné de lauriers immortels,
L'encens des Nations fumer ſur ſes autels.

Toutefois c'eſt envain qu'on vengea le mérite;
Le Tems n'a pas détruit cette engeance maudite.
Et depuis trois mille ans, la race d'Anitus,
Hydre infeſtant les Arts, les Talens, les Vertus,
Que ſans ceſſe on écraſe, & qui renaît ſans ceſſe,
Vit & pullule encor au marais du Permeſſe.

C'eſt-là qu'un Marſyas défie un Apollon.
Là, tenant à-la-fois, ſous un ſceptre de plomb,
Le Génie en tutelle, & la Raiſon captive,
Desfontaine alluma cette guerre offenſive.
On vit trente Rhéteurs, écrivains embryons,
Au Mévius Français, vendre leurs paſſions.
Le Public révolté fut, dans mille brochures,
Contraint, par privilége, à lire mille injures.
Un ſot ne voulut plus être un ſot ignoré.

Du rôle d'Ariſtarque un pédant enivré,
Vient, la marotte en main, réformer le Parnaſſe,
Catéchiſer Tibulle, & régenter Horace.
Le plus mince Ecrivain s'érige un tribunal;
Et, nouveau pédagogue, en un nouveau journal,
Imitant du Baudet l'inſolente bravade,
Au Lion de la fable alonge une ruade.
Le Bareau, le Théâtre, & la Chaire, & les Mœurs,
Tous les Arts ſont en proie à ſes folles humeurs.
On dirait qu'un Lutin, ennemi du Génie,
Souffle dans tous les cœurs cette Fréromanie.
Si je diſais combien l'on trouve dans Paris,
Et de Frondeurs à gage, & de Frippiers d'écrits,
D'Auteurs, par numéros, de feuilles éphémères,
De Therſites hautains, d'Éperviers littéraires,
De plats Verſifeſeurs platement exaltés,
De Gazetiers-priſeurs, tabarins bien rentés;
Certes, j'aurais plutôt, paſſant par l'étamine
Les écrits vermoulus de l'Homme *à lourde mine*,
Compté combien de fois, pendant quarante hivers,
Ce robuſte forçat, fameux par ſes travers,
Ce tyran du Génie, écumeur du Permeſſe,
Des forfaits de ſa plume, a fait gémir la preſſe.

Mais ici, dans la rixe, un Athlète apparait,
Devient maître d'eſcrime, & ſaiſit le fleuret.
C'eſt lui qui, des talens cenſeur impitoyable,
Dans ce fameux procès, eſt l'Avocat du Diable;
Et qui, ſavant dans l'art de claſſer les erreurs,
Par ordre alphabétique, aboya les Auteurs.

J'entens certains Prôneurs, amoureux de ſornettes,
Qui de ſon eſprit gauche exaltent les bluettes,
Et changeant ce Garaſſe en un autre Paſcal,
Font un grand écrivain d'un plat original.
Mais le ſinge d'un Juge, endoſſant la ſimarre,
En eſt-il moins un ſinge & riſible & bizarre?
Et moi qu'on ne vit point m'éblouir d'un rabat,
Moi qui ſais l'aiguillon qui le pouſſe au combat,
Je ris, quand je le vois, comme un autre Lucile,
Vomir, ſur les écrits, les vapeurs de ſa bile,
Soumettre à ſa lunette, & la proſe, & les vers,
Et coudre, en ſes arrêts, le bon ſens à l'envers;
Que dis-je? convertir, par un abus étrange,
La louange en mépris, le mépris en louange,
Canoniſer Berthier, foudroyer Diderot,
D'un ſot faire un grand homme, & d'un grand homme un ſot;
Et prenant tour-à-tour la palme & l'étrivière,
Couronner Jean Fréron, & fuſtiger Voltaire.

Arrête, Efprit fougueux, bruyant Confédéré;
Et modère un moment ton zèle immodéré.
Dis-moi fur quel écrit, d'une balance libre,
Ta main, fans trébucher, a tenu l'équilibre?
Ton livre a-t-il un trait, de couleurs afforti,
Qui ne foit par un autre auffi-tôt démenti?
Veux-tu, la trompe en main, au Temple de Mémoire,
Des enfans d'Apollon préconifer la gloire;
Et juftement épris de fon livre immortel,
Au tendre Fénélon y dreffer un autel?
C'eft un devoir facré que la raifon commande:
Et je vais, fur tes pas, y portant mon offrande,
De quelques grains d'encens brûlés en fon honneur,
Acquitter le plaifir qu'il a fait à mon cœur.
Mais veux-tu, plus hardi, d'une main téméraire,
Appofer fur fon front la couronne d'Homère?
C'eft ici qu'Apollon réprouve tes avis:
Et du fond du trépied, dans le facré parvis,
J'entens la voix du Dieu, troublant l'apothéofe,
Te crier qu'il n'eft point de poëmes en profe.

Ainfi donc, à fes yeux, l'un eft blanc, l'autre eft noir.
La férule, en fes mains, fuccède à l'encenfoir:
Et toujours un arrêt, ou févère, ou propice,
Fait grimacer le Goût, & broncher la Juftice.

C'eſt une loi d'Etat parmi nous en vigueur,
Qu'un homme ſans génie a le droit d'être Auteur;
Que maçonnant, ſans art, un livre abécédaire,
Il peut impunément ruiner un Libraire:
Et l'on voit le Marchand, à bon droit courroucé,
Maudiſſant, mille fois, l'Auteur par A, B, C,
Chez l'Epicier du coin envoyer le libelle,
En cornets bien roulés, habiller la cannelle.

Pourquoi tant d'Ecrivains à l'oubli condamnés?
Tant de pères vivans de tant d'enfans morts-nés?
Quel eſpoir les ſéduit? quel démon les captive?
Quel démon, diſait l'un! il faut bien que je vive.

Ainſi l'on ne voit plus, dans l'attelier des Arts,
Que légions de rats, & grouppes de lézards.
Leur ſouffle empoiſonné flétrit les renommées.
Le Parnaſſe, envahi par d'inſolens Pigmées,
N'eſt plus que le ſéjour des rauques beaux eſprits,
Où Chapelain encore aurait le premier prix.
Ces docteurs pointilleux ſèment la zizanie;
Le ſcalpel à la main, diſſèquent le Génie,
Et veulent qu'abaiſſant ſon vol audacieux,
Comme eux il penſe, écrive, & qu'il rampe comme eux.

Pour ſervir leurs deſſeins, tout devient légitime,
La ſcience eſt folie, & la ſageſſe eſt crime.

Si l'un insulte en prose, & se fait imprimer;
L'autre, malgré Minerve, en jappant veut rimer.
Celui-ci devenu, par un destin contraire,
D'émule de Gerbier, pirate littéraire,
Lance, pour brigantins, ses cahiers imposteurs,
Vise, attaque, poursuit, détrousse les Auteurs.
Rien n'échappe à la plume, au grappin du corsaire.
Le Héros trépassé de la Horde sectaire
Semble élever encor, dans le sacré Vallon,
Son front cicatrisé des flèches d'Apollon:
Zoïle qui, pour nuire, est, en sa folle audace,
Cent fois plus acharné qu'un barbet qu'on agace;
Et cent fois, sur Homère ardent à s'élancer,
Ronge son piedestal qu'il ne peut renverser.

Pour fêter ces Midas, & grossir leur cohorte,
G***, d'un front d'airain, G***, de porte en porte,
S'en va corner ses vers; ayant, en ce métier,
Colletet pour exemple, & Boileau pour croupier;
Et prédicant gagé que l'intérêt anime,
Vend, à deniers comptants, sa haîne & son estime.

Oh! si les Arts, en France, avaient un Tribunal
Pour juger les Grimauds qui les jugent si mal;
Combien de vils Censeurs, d'Ecrivains polémiques,
De Feseurs de romans, de plans économiques,

Vont, la tête levée; & bravant le mépris,
A la Ville, à la Cour, font courir leurs écrits,
Qui, la rame à la main, fillonnant l'onde amère,
Feraient, devant Toulon, voguer une galère!

Le Talent eft de faire, & non pas de juger.
Tous ces beaux correcteurs qu'il faudrait corriger,
Aux enfans d'Apollon apportent des entraves,
Et d'un peuple penfant, font un peuple d'efclaves.
Le Sage a le vrai feul pour guide & pour fanal;
Le vrai fait le génie, & l'éloquent Raynal,
De fon prifme divin colorant fon ouvrage,
Va, jufques dans mon cœur, arracher mon fuffrage.

Mais qu'un ramas d'Auteurs, d'un ftylet apprêté,
Pèfent fur le Génie, à leurs pieds garrotté;
Et veuillent follement conduire, en leur carrière,
Malebranche à la main, Corneille à la lifière?
Qu'un Rimeur, emporté par l'inftinct qui le perd,
Dans fes vers furibonds, infulte à Saint-Lambert;
Et nain de l'Hélicon, monté fur des échaffes,
A ceux qu'il n'entend point, ofe affigner des places?
Qu'un fils de Loyola, qu'un Brouillon clandeftin,
Caché fous le bonnet qu'avait porté Rollin,
Aboyeur en fous-ordre, & compagnon feuillifte,
Lève & faffe claquer le fouet de Journalifte?

O! j'eſtime bien plus ce Ruſtre baſané
Qui ſoumet à la bèche un ſol abandonné,
Et fait germer le grain dont la ſaveur heureuſe
Ranime du courſier la fougue impétueuſe;
Qui va dans les forêts, armé d'un large fer,
L'été couper le bois qui me chauffe l'hiver;
Ou qui vient de ma route, à grands coups de maſſue,
En cailloux incruſtés, parqueter l'étendue;
De ſon cœur ſimple & droit ſuit l'inſtinct aſſuré,
Et qui dort au ſermon que lui fait ſon Curé:
Citoyen, en tout tems, utile à la Patrie,
En tout tems il la ſert, & jamais ne l'ennuie.

Faut-il, pour dernier trait, & d'un coup de pinceau,
Du hargneux Satyrique achever le tableau?
Suivez-le dans ſon antre où ſon démon le guide.
Sur un écrit naiſſant il porte un œil avide;
Son pouls eſt en déſordre, & ſon cœur agité.
Comme on voit un hibou, frappé de la clarté,
Sous un épais ſourcil où la flâme étincelle,
Rouler obliquement une louche prunelle,
Et d'un cri déſaſtreux ſoudain remplir les airs:
Tel vous verrez ſoudain, de l'empire des vers
Le Cerbère, atterré d'un rayon de lumière,
Par ſes bonds convulſifs, exprimer ſa colère;

Et ſoulageant ſon cœur que le mérite aigrit,
Hurler, en forcené, ſur un fatal écrit.

Archimède nouveau, fils aîné d'Uranie,
D'Alembert! c'eſt ainſi que les traits de l'Envie
Ont, juſques dans tes mains, ébranlé ton compas.
Mais pardonne; il eſt beau d'éclairer des ingrats:
Et ce Globe étonné dont tu traças l'orbite,
Eſt le livre immortel où ta gloire eſt écrite.

Quand les feux du Midi, ſur les aîles des vents,
Ont brûlé l'herbe tendre, & deſſéché les champs;
Si l'aurore, au matin, nous verſe la roſée,
La terre qui languit, en eſt fertiliſée.
Des ſillons imbibés les humides canaux
Vont porter la fraîcheur aux pieds des végétaux.
Le gazon ſe ranime, & le jour voit éclorre
L'émail ébiouiſſant de Palès & de Flore:
La Roſe qui n'attend qu'un rayon de ſoleil,
Aux baiſers du Zéphir ouvre ſon ſein vermeil.

Ainſi, des préjugés diſſipant l'influence,
On voit fleurir les Arts, aux beaux jours de la France,
Quand du Prince éclairé les regards bienfaiſans,
Près de ſon trône auguſte, appellent les Talens.

Réaumur & Francklin, apportant la lumière,
Lèvent l'épais rideau qui couvrait la Matière.
Au secteur de Clairaut, le Globe assujetti
Soumet ses flancs glacés, & son pôle applati.
Bouguer, un tube en main, sur le front des étoiles,
Montre au fils de la mer le chemin de ses voiles.
Le Pline de Montbar, Condillac, Montesquieu,
Me font connaître l'Homme, & la Nature, & Dieu.
Rousseau, du Cœur humain éclairant le dédale,
Dans sa mine profonde, a creusé la Morale.
Et quand du grand Rameau les sublimes concerts,
Ici, m'ouvrent les cieux, là, m'ouvrent les enfers;
Tous les Arts, à la fois, étalent leur magie.
Vanlo donne à la toile, & le souffle, & la vie:
Bouchardon, dans la fonte, anime le métal;
Et le marbre est vivant sous la main de Pigal.

Un Eschile nouveau, s'emparant de la scène,
D'un cothurne plus sombre a chaussé Melpomène.
Molière a vu Regnard, Destouches & Piron,
Dérober, dans ses mains, son masque & son crayon.
Bernis, sur un luth d'or, monté pour les Horaces,
A chanté les Saisons, les Heures & les Grâces.
Au noir Persécuteur caché sous un manteau,
Voltaire, en mille écrits, arrache le couteau;

Et d'un coup de sa plume, avec un ris caustique,
Assourdit, en passant, le frélon qui le pique.

Anglais, baissez le front; vous, Grecs; & vous, Romains:
L'Univers voit en lui le plus grand des humains.
Homme étonnant! dis-nous quel art, quelle magie
Répand, sur tes écrits, la flâme & l'énergie?
Apprends à tes rivaux par quels charmes vainqueurs,
Captivant à la fois les esprits & les cœurs,
Ton génie a conquis le sceptre des Orphées.
Tu sus, dans tous les Arts, mériter des trophées;
Et ta main, jeune encore à quatre-vingts hivers,
Sut encor moissonner des lauriers toujours verds.

Sous le poids de sa gloire, ô douleur! il succombe.
Les Beaux-Arts éplorés gémissent sur sa tombe;
Et l'Envie, accourant par un dernier effort,
Vient troubler, à grands cris, le sommeil de sa mort.

Bienfaiteurs des humains! voilà votre partage;
Des honneurs, des affronts, le triomphe & l'outrage.
Mais, comme un trait de feu, du sein des préjugés,
La Vérité s'élève; & vos droits sont vengés.
Eh! qu'importent les tems, les mœurs & la Patrie?
On insulte à vos noms; l'Univers les publie:

Et vos sages écrits, en cent lieux répandus,
Vont, dans les cœurs des Rois, réveiller les vertus.

Le Salomon du Nord, que la Gloire environne,
Forme vos nourrissons, à l'ombre de son Trône;
Et Monarque à la fois aussi juste que grand,
Joint la palme du Sage, au fer du Conquérant;
Aux vautours de Thémis arrache leur victime,
Et relève, en pleurant, le Pauvre qu'on opprime.
Joseph, chez les Germains, sans faste, sans flatteurs,
Foule aux pieds la mollesse, & règne par les mœurs.
Sous la zône Cimbrique, un nouveau Triptolème
Met le soc en honneur, & s'honore lui-même.
A Lisbonne, à Madrid, on entend vos leçons;
Je vois le Fanatisme éteindre ses tisons.

Toi dont la main soutient, du haut de la Russie,
Un sceptre qui s'étend sur l'Europe & l'Asie,
Orné par tes vertus, ton génie & tes lois,
Le Trône où tu t'assieds est l'École des Rois.
L'humanité, les mœurs, les arts, la Tolérance,
Rendent tous les humains heureux sous ta puissance;
Et tes vastes bienfaits, franchissant tes Etats,
Vont te gagner les cœurs, où tu ne règnes pas.

Cependant Romanzof fait gronder ton tonnerre.
L'Orient retentit du clairon de la Guerre.

Le Danube éperdu revoit, en frémiſſant,
Ton Aigle impétueux fondre ſur le Croiſſant.
Mais déjà, ſouriant à la Terre éplorée,
Catherine eſt pour elle une nouvelle Aſtrée;
Et ſa main, déſarmant ſes valeureux Guerriers,
Unit Minerve à Mars, & l'olive aux lauriers.

Numa pere des Loix, Titus & Marc-Aurèle,
Ainſi ſe ſont couverts d'une gloire immortelle.
La Paix, la Bienfaiſance, & non pas les exploits,
Sont les vertus du Trône, & forment les grands Rois.

Le Boſphore eſt calmé. Les Aigles déchaînées
Qui couvraient de leur vol cent Villes conſternées,
Sur leurs foudres éteints, dorment en Orient.
L'Homme a repris ſes droits; & je vois l'Inſurgent
Briſer du Deſpotiſme & le ſceptre & le glaive.
Aux champs Américains, la LIBERTÉ s'élève,
Du triple Léopard écraſe la fierté,
Poſe, ſur un trident, ſon bras enſanglanté;
Et, le front couronné des voiles d'un navire,
Etend, ſur l'Univers, ſa gloire & ſon empire.

Voilà donc ton ouvrage, & voilà tes bienfaits,
O LOUIS! jeune Lis adoré des Français,
Qui, montrant chaque jour, tes bontés ſouveraines,
Pour empire as le monde, & les cœurs pour domaines;

Toi qui rends à nos vœux le dernier des Henris.

Tel que l'Aſtre éclatant du céleſte lambris,
Ranimant à la fois le ciel, l'onde & la terre,
Fier & majeſtueux, s'élève en ſa carrière :
Tu ſus, dès ton aurore, à ta puiſſante voix,
Reſſuſcitant les Mœurs, l'Abondance & les Loix,
Couvrir ton jeune front des rayons de la Gloire;
ET L'ÉLOGE DES ROIS EST DÉJA TON HISTOIRE.

FIN.

www.ingramcontent.com/pod-product-compliance
Ingram Content Group UK Ltd.
Pitfield, Milton Keynes, MK11 3LW, UK
UKHW020453220726
13923UKWH00006B/2520

9 782019 269166